# 엔딩 크레디트

정병기 시집

.

시인의 말


재미있거나

감동적이거나

웅숭깊거나

그러면 좋겠다.


2024년

정병기

# 차 례

● 시인의 말

제1부

제4부

제1부

# 그러나

그와 나 사이에 러가 있다

러가 튀어나와 앞에 서면 너,

너와 나 사이에 그가 선다

그와 너와 내가 대립하여 서면

그.너.나

나를 앞에 세워도 나와 너 사이에 그가 끼어든다

네가 물러서고 내가 비집고 들어가면

그와 너는 나로 인해 갈라선다

셋 중 하나는 늘 둘 사이를 방해하고

그 둘은 서로 바라보지 않는다

'그러나'

우리들은 언제나 함께 있다

그와 나 사이에 너가 부드럽게 러로 선 것은 그 때문이다

# 나무

뿌리가 튼튼한 커다란 풀
아래 그늘에서는 풀 냄새가 납니다
풀풀 접착제입니다 나무가
하늘과 땅을 잇고 있어요
집착입니다 흙으로 개어진 물의
힘을 받아 하늘에 닿으려
합니다 푸른 저 허공에

떠올리면 곁이라는 글자가
생각나는 사람이 있습니다

멀리 있어 곁입니다

# 신데렐라

신발을 쌓았습니다

두 짝씩 갖추었습니다 짝 잃은 신발도 쌓았습니다 한 가지 색만 모으지는 않았습니다 구할 수 있는 다양을 모두 모았습니다 그렇게 신총을 만들었습니다

발이 보입니다 목은 없습니다 목 없는 발들입니다 목발이 아니라 발목 없는 발들입니다 유리 구두만 없습니다 유리로 만든 구두를 신을 수 있는지 묻지 않고 찾았지만 찾을 수 없었어요 발에 신을 맞추는 시절이어서 주인은 찾았지만 다른 한 짝은 끝내 찾을 수 없었대요 이미 유리로 돌아간 걸까요 부서진 걸까요 무도회에 두고 간 유리 구두만 구두로 남아 있었던 건가요 구두로 전해져 오다 사라진 건가요 세상의 모든 신발, 그렇게 신총을 만들었습니다

새 신은 없습니다 신발 가게가 아니니까요 헌 신만 헌신 짝 버리듯 던져 쌓았습니다 정해진 순서나 기준은 없습니다 구하는 족족 던졌습니다 목 없는 신을 무작위로 던져 산더미처럼 쌓았습니다

도서관이 됩니다 신총에는 신만 있는 게 아닙니다 신에 녹아든 냄새가 발의 자국입니다 상처로 추억으로 흔적으로

써 있습니다 총으로 쌓아 놓으니 사라지지 않습니다 신총은
발총입니까 신에 발을 맞추는 시대라 신데렐라도 한 명이
아닐 거예요 목이 없어도 몸을 상상할 수 있습니다 아우슈
비츠의 신발관처럼요 교토의 이총처럼요 규격은 누구나입
니다 그렇지만 상처와 추억의 사연은 같지 않습니다 한 켤
레 한 짝의 신발에 한 가지 사연만 있는 것도 아닙니다 그렇
게 탑이 되더군요 무너지지 않는 바벨탑입니다

　마음에 신총을 하나씩 가지고 있습니다 누구나 말이죠 생
전에 우리는 몇 켤레의 신발을 신었을까요 사전에는 몇 켤
레의 신발을 더 신을까요 생후 몇 개월부터 우리는 신을 신
으면서 살았을까요 사후에도 신을까요 생과 사는 같고도 다
릅니다 신을 만나면 신이 필요 없어질까요 그렇게 우리는
생전과 사후에 두 가지 신을 모두 가질 수 없는 건가요 신이
발이 될 때까지 신은 신발도 있을까요 신은 신발입니다 신
의 발입니다 비행기에 타고 날며 배에 타고 물을 건넙니다
자동차를 타면 쏜살같이 달립니다 그렇게 살아왔지요 그렇
게 살 거고요 신은 압니다 신은 신발을 마음속에 차곡차곡
쌓습니다 그렇게 크리스털이 만들어집니다 신총의 꼭대기

에 한 짝의 구두가 반짝입니다

　신을 두고 발들이 뚜벅뚜벅 걸어 나옵니다

# SNS

빛의 자극을 받아 물체를 볼 수 있는 감각 기관. 척추동물의 경우 안구 신경이나 시각 신경 따위로 되어 있어, 외계에서 들어온 빛은 각막 눈동자 수정체를 지나 유리체를 거쳐 망막에 이르는데, 그 사이에 굴광체屈光體에 의해 굴절되어 망막에 상을 맺는다. 자 저울 온도계 따위에 표시하여 길이 양量 도수度數 따위를 나타내는 금, 그물 따위에서 코와 코를 이어 이룬 구멍, 당혜唐鞋 운혜雲鞋 따위에서 코와 뒤울의 꾸밈새, 바둑판에서 가로줄과 세로줄이 만나는 점, 대기 중의 수증기가 찬 기운을 만나 얼어서 땅 위로 떨어지는 얼음의 결정체, 새로 막 터져 돋아나려는 초목의 싹. 어리어 미숙하고 엷고 경미하고 곱고 여리고 연약해 단단하지 아니하지만 뜨겁다. 섬돌을 씻어도 붙는다.

## 밀당

　밀당은 상대적이다. 당겨지는 사람은 덜 당겨짐을 밀어냄으로 느낀다. 당기는 사람은 당김도 밀어냄일까 걱정한다. 당기지도 당겨지지도 않으려는 사람은 밀어냄도 당김으로 느낀다.

　당김도 밀어냄도 모두 아픔이었는데

# 사랑하는 사람이 생겼어

변심한 사람은 미안해하며
사랑하는 사람이 생겼어, 라고 말한다
다른 사람을 사랑하게 됐어, 라고 말해야 하는데
지금까지 아무도 사랑하지 않았다고
말하는 잔인한 사람

# 테라는 세아를 세아는 에더를 에더는 노트를

좋아해. 테라Terra는 세아Sea에게 고백했다. 거절될까 두려워 오래도록 망설였지만 그의 입으로 직접 듣고 싶었다. 역시 세아는 에더Aether를 좋아했다. 그에게 테라는 언제나 곁에 있지만 특별하지는 않은 친구나 형제 같았다. 세아에게 테라가 그렇듯 에더에게 세아가 그러했다. 애틋함을 얘기할 때 세아는 언제나 에더를 바라봤다. 그렇게 바라만 보았다. 에더는 언제나 노트Nought를 그리워하는 것을 잘 알고 있었기 때문이다. 그러나 세아도 에더의 입으로 직접 듣고 싶어졌다. 에더에게 고백하고 그의 마음을 확인했다. 그들은 좋은 친구로 남고, 세아는 테라에게 마음을 열기로 했다. 그날 이후 세아와 테라는 주위의 눈을 의식하지 않고 서로 살갑게 챙겨주었다. 누가 보아도 행복한 연인 사이가 되어갔다. 에더는 혼란에 빠졌다. 언젠가 세아가 무척 아팠을 때 자신의 마음도 매우 쓰라렸고 그것이 사랑이 아닐까 하는 의심이 들었기 때문이다. 테라와 세아의 애정이 보일 때마다 시린 눈꼴을 챙겨 달아나고 싶었다. 자리를 벗어날 수 없을 땐 차라리 눈을 도려내고 싶기도 했다. 테라와 세아도 함께 노트를 사랑하기로 한 것인데.

창공을 버린 진공에 파문이 인다.

# 데칼

공원 장의자에 앉아 고즈넉이 오후를 앓을 때 저만치 내
가 좋아하는 그와 그가 좋아하는 그가 다정하게 걸어온다
덜컥 땅이 꺼지고 장의자는 한층 땅 밑으로 내려가고 하늘
에서 내려다보듯

암전 속 땅 밑에서 땅 위가 선명하게 보이는 것인데 평화
롭게 노니는 사람들 위로 따사로운 봄볕, 중세의 남녀들이
양산 받쳐 소풍 나온 듯 주위로 꽃잎 날리고 꺼진 자리 위
다시 만들어진 장의자에 내가 좋아하는 그와 그가 좋아하는
그가 다정하게 앉아 은근한 눈빛으로 대화를 나누고 두 사
람은 천천히 사람들 속에서 소외된다 장의자가 시야에서 멀
어지자

옆에 선 아름드리나무의 큰 가지가 페이드아웃을 늘어뜨
리고 땅 밑의 내가 눈에 불을 켜고 나무 밑동으로 옮겨 붙이
자 불꽃이 나무를 타고 땅 위로 오르며 동공에 불기둥이 복
제되고 지상에 도달한 불꽃은

공기와 만나 폭죽처럼 터지고 장의자는 연꽃처럼 연무를
타고 조용히 땅에 내려앉고 불꽃놀이로 공원의 사위가 밝아
지며 사람들의 환성으로 가득 차고 내가 좋아하는 그와 그
가 좋아하는 그가 사람들 속에 다시 섞이며 사람들 저마다
의 동공 속에 불꽃놀이가 한창이다 땅 밑의 나도 천천히 땅
위로 솟아올라 동공 속으로 사라지는데 수많은 내가

나를 빠져나가고 나는 여전히 땅 밑에 있고 내가 좋아하
는 그와 그가 좋아하는 그가 땅 밑의 땅 밑으로 꺼진다 그렇
게 무덤들이 생겨났다

# 매복

*…전화기를 붙잡는다*
*가까이 가려다 입은 상처가 아직*
*치유되지 않은 가슴에 수년 만에*
*나타난 그미가…*


그는 가슴을 갈아엎고 마음을 가꾸었으며
그미는 마음을 비우고 가슴을 채웠다

그의 아픔은 내벽으로 서서 흘렀고
그미의 괴롬은 외등으로 멈춰 달렸다

한 사람은 빈 골목의 가슴을 그리워했고
한 사람은 그 골목에 부는 바람의 마음을 사랑했다

# 엔딩 크레디트ending credit


시간의 낙엽만 떨구고
잠시 망막에 맺혔다 사라지는 사람

도대체 뭔 소리야, 머리로 올라가
지적 호기심을 자극하는 사람

가슴으로 옮겨와 뭉클, 오랫동안
남아 되새겨지는 사람

틀림 없는
물의 표절이다

# 방정식을 푼다

방정식을 푼다
y가 삶인지 x가 삶인지

몇 차 방정식인지는 더욱 알 수 없다
입원 두 주가 넘자 심심해서 수술을 한 번 더 해달라고
요구하고 싶은 마음 굴뚝같았는데, 이심전심
의사가 먼저 알고 재수술하잔다
이차방정식 아니 이차 수술인가 다른 부위를
수술하는 것이니까
그 다른 부위가 첫 번째 수술 때문에 잘못된 것이라면

벌초가 풀밭을 가른다 아픈
물방울이 제초기 날을 붙들고
벗어버린 속옷과 환자복
피부까지 수술복처럼 갈아 벗고 싶은
다른 부위를 수술하는 날이다
또 한 번 의식이 사라져가는 동안
첫눈처럼 수화를 하는 의사를 보며

이차방정식을 풀어 간다

무통 주사가 작동하지 않은 채 다시 깨어날 걸 모르면서

# 무의미의 축제

출렁이는 지하철 안에서 밀란 쿤데라의 『무의미의 축제』
를 읽는다 강물에 뛰어드는 소리를 듣고 딸에게 전화를 건
다 혼자 떨어져 자취하며 편입 시험 준비하는 딸애 집에 다
니러 갔던 길, 아침 일찍 토익 치러 가는 것을 보고 집을 나
왔다 시험 끝날 때가 되어 전화를 했는데 받지 않는다 시험
을 잘못 봤나, 사고가 났나, 물에 뛰어든 사람이 여인인 걸
확인한다 여인이 물에서 나온다 강가에 둔 자동차에 가서
다급하게 열쇠를 찾는다 열쇠를 찾지 못해 당황한 것인지
당황해 열쇠를 찾지 못하는 것인지 확실치 않다 물에서 헤
엄쳐 나오는 모습도 헤엄을 치는 것인지 허둥지둥 기어 나
오는 것인지 애매하다 또 전화를 걸어보고 앞 페이지로 돌
아가 다시 읽는다 한 여자가 자살을 시도하고 한 소년이 구
하러 뛰어든다 여전히 전화를 받지 않는다 갑자기, 그만해
요 라고 소리치고 소년이, 여자가 자살하려던 물속으로 내
리누른다 소년을, 구하려던 소년을, 수면이 집어삼키고 여
자에게 깔려, 여자만 떠올라 강가로 나온다 쿤데라의 세계
를 벗어나 세상 물정 모르는 소녀로 소년이 바뀐다 단축키,
다급하게 누른다

# 예수의 눈물

카잔차키스의 여행 목록을 따르고 싶었다. ~~버킷 리스트를 지워나가는 심정이라고 말했다가 아내에게 정말 죽을 뻔했다.~~ 디스크, 위장관 출혈, 오십견을 끌어안고 항구 도시 나폴리에서 여장을 풀었다.

카프리행 부두를 향해 느리게 달리는 버스는 만원이었고, 보이는 곳마다 유적지와 관광지였다. 주민과 관광객이 뒤섞인 명불허전名不虛傳.

문제는 오십견이었다. 종종종 솟아나는 언덕과 굽굽이 고대의 골목을 누비는 버스에서 몸을 가누기가 쉽지 않았다. 천장이 늘인 아득한 손잡이를 잡는 건 나폴레옹이 귀환해도 불가능했다.

키가 크고 중후한 50대의 바람이 그렁처럼 비틀거리는 나를 받쳐주고 위험하니 손잡이를 꼭 잡으라고 충고하며 걱정스럽게 지켜보았다. 승객들이 타고 내리는 사이 문 앞까지 밀려왔고 그도 마찬가지였다. 더욱 혼잡한 문 앞. 순간주머

니로쑥들어오는손. 팔을 따라 빠르게 올라간 내 시선을 마주치자 바람은 얼른 손을 뺐다.

세계 3대 미항 신도시(Neapolis)의 앞 바다 멀리 몽환포영夢幻泡影의 파도에 카프리섬이 일렁이고 있었다.


잘 다녀왔느냐 묻는 민박집 주인에게 버스 안의 일을 이야기했다. 알고 있으리라 생각하고 미리 말해주지 못해 미안하단다. 특히 만원 버스에서는 소매치기를 조심해야 한다고, 사실 그들도 그리 나쁜 사람은 아니라고.

털어내지 못한 마음으로 저녁을 준비할 때 주인아저씨가 올라와 대신 사과한다며 알리아니코Aglianico 한 병을 내밀었다. 베수비오산에서 재배하는 '예수의 눈물'로 담근 붉은 포도주라고.

후덕한 주인의 얼굴 위로 수다롭던 소매치기 바람이 스치

어 온다. 그도 진심으로 나를 걱정해 주었을 거다. 2천 년
전 화산이 폭발할 때 동풍마저 불지 않아 다행이다, 이른 아
침 폼페이의 타버린 숨들을 보러 가리라 생각하며 베수비오
와 카프리가 선명한 내일의 바다에서 수정 빛 눈물을 건져
올렸다.

# 밤바다

어둠의 프랙털로 얼어버린 시간
죽은 소용돌이처럼 환幻마저 사라진 곳

혁명가는 달마의 눈썹에 갇힌 듯 침묵하고
배우들은 빛의 기억과 저항의 연기를 잊었다

고흐의 압생트와 브람스의 계절로 만든
데스마스크가 수장된 곳

출구를 삼킨 입구가 가믄 이야기들을
심연의 중묘지문衆妙之門으로 운반한다

# 내가 가운데로 갈 때 세상은 더의 눈총을

다른 사람을 가리키는 손가락이 하나면 자신을 가리키는 손가락은 셋이라는 반성의 돛을 단 성찰의 비평선을 타고 거슬러 오르지만

내가 왼쪽이라 할 때 세상은 너무를 가리키고 내가 가운데로 갈 때 세상은 더의 눈총을 쏘고 있다

산다는 건 살아지는 사라지는 것 사건의 지평선을 넘으려면 시간의 수평선을 지나야 하는데 아무것도 보이지 않을 때 우리는 어둠을 본다

꿈꾸는 혼자는 꾸미지만 꿈꾸는 함께는 벌거벗은이다

# 너무느림보

달을 닮은 둥그런 얼굴.

하루 열다섯 시간을 자고 주로 밤에 활동한다.

배를 위로 향한 채 나무 사이를 천천히 옮겨 다닌다.

중력을 버리고 숲의 결을 따라 느리게 걷는 느티나무 같다.

나무로 매달려 나무를 늘이는 나무늘임보다.

소식小食에 만족하고 오래 소화시켜

수 주일에 한 번, 땅에 내려온다.

일을 본 후 다시 느리게 나무 위를 오른다.

시간을 늘이면서 클로스업하고 클로즈업한다.

인간의 눈으로 보면, 하루가 스물네 프레임으로 보인다.*

1초에 스물네 프레임으로 영사하면 팔만 하고도 육백사
십 배, 사라진 동작으로 움직인다.

1년은 이백삼십육 년이 넘는다.

킹콩의 긴 팔과 울버린**의 강한 발톱을 이용해 진지하게,
나무인 듯 세상을 옮긴다.

* 영상의 정상 재생 속도가 1초당 24프레임이다. 1초당 더 많은 프레임으로 촬영해 정상 속도로 재생하면 느린 동작으로 보이며, 1초당 더 적은 프레임으로 촬영해 정상 속도로 재생하면 빠른 동작으로 보인다.
** 엑스맨 시리즈 영화에 나오는 인물. 날카롭고 강력한 금속성 발톱을 가지고 있다.

# 민달팽이

없는 빈집 한 채 짊어지고

곧추세운 뿔은

등 푸른 이상주의자의 고독

제2부

# 생각 잇기

생각합니다 고로 나는 존재합니다

존재합니다는 존재스럽습니다

습니다는 쌍팔년도에 읍니다가 바뀐 것입니다

바뀌지 않은 것은 생각합니다로군요

생각하지 않을 생각입니다

그럼 나는 존재스럽지 않습니다

생각하(지 않)는 나는 존재합니까

말을 하지 않기 위해 말을 합니다

글을 쓰지 않기 위해 글을 씁니다

시를 짓지 않기 위해 시를 짓습니다

# 시간의 데칼코마니

기찻길 옆이었다 집 안으로 기차가 다니고 사라진 베란다
를 열고 나가면 조브장한 통로 어중에 작은 탁자가 있고 순
서 없는 의자들이 둘러선다 둥글게 돌아 두 번째와 세 번째
의자 사이에 하얀 문을 지나가면 계단이 내려서고 열서너
계단 아래 숲보다 운하가 녹색이다 언제나 잠겨 있던 문은
그날따라 열려 있었고 어린 과거는 거침없이 내려가 녹을
뒤발했다 계단을 올라가 녹슨 문을 밀치면 허젓한 통로 가
온데 귀 헐은 탁자 하나 널브러진 의자들에 둘러싸여 있다
통로를 건너면 없던 베란다가 무연하고 그 너머는 열차가
가로지른 집안이다 운하 옆이었다

# 서귀포행 기차

저 밖에 누가 있다

열차 저쪽에서 반 바퀴 이상을 돌아 이쪽 끝 기관실 옆 통로가 있는 간이 칸에서 담배를 피우고 바람을 쐰다 위험하니 객실로 들어가라는 문구가 눈에 띈다 기차는 둥글게 이어져 우로보로스 원형圓形 열차다 서울발 서귀포행

잠을 자면서 가리라던 기대는 무너졌다 승객이 너무 많아 누울 자리 없이 꼿꼿이 앉아 있어야 했다 아가페적 사랑과 참여적 열정과 무구한 희생을 두고 벌이던 미적지근한 토론 자리를 박차고 나와 객실 바깥쪽으로 이어진 베란다식 통로를 따라 이동했다 기관실은 한쪽 끝에 달려 있었다 다른 쪽 끝으로 이어져 다른 하나의 기관실이 옆에 보였다 기관실 사이에 계단이 있는 간이 칸, 이국적인 한 젊은 여인과 아이들이 기관실로 들어갔다 기관실인 줄 모르고 덜컥 문을 열자 기관사 한 사람만 만장輓章 구름과 망망대해를 헤치고 있었다 돌아 나와 다른 쪽 기관실까지 다시 한 바퀴 돌까 하다가 그만두고 쭈그려 앉아 지도를 펼쳤다 저 밖에 누가 있다 광주 경유 서귀포행 열차, 바람과 파도가 엮은 철로 위를 출렁이며 달리는

기차는 광주를 거쳐 제주로 직행한다 광주 시내와 제주도
에서는 자주 선다 역은 없어도 여기저기 골목 어귀에 집 앞
에 기차는 선다 어떤 집 마당은 기차 문이 대문이다 잠시 밖
에 나온 사람들 틈에 섞여 바람을 쐰다 몇몇은 기차 문을 열
고 나와 땅 위를 걸어 사라진다 제주도에 진입해 섬을 반 바
퀴 돌아 서귀포역에 도착한다 애월과 비양도 차귀도를 거쳐
모슬포항 화순항을 지나 한라산을 에둘러 달린다 현무玄武
로 만들어진 열차 문 앞 계단을 내려서며 때로 감귤밭 때때
로 바닷가지만 때로는 정낭을 세 개 걸쳐 놓은 집으로 이어
진다 밭에서 집으로 서귀포항에 종착한다 다시 서울로 출발
하기 위해 기차는 선다 성산으로 돌아 여수와 순천을 경유
해 지리산을 에둘러 달릴 제주도발 서울행

저 밖에 누가 있다 원죄의 심장 뛰는 소리로 뜬 돌을 치우는

# x999년 2월 14일 요일 날씨 없음

몇 년이 되면 날짜가 없어질까 언제면 연도도 사라질까 씨에 대한 놀라운 소식이 핸드폰을 건너왔다. 오늘 신문에 났다며 문제로 원장직을 사임했다고 한다. 술자리에서 을 만진 것이 문제 되어 조사 중에 를 받고 사직했으며 이미 퇴임식까지 치렀다고. 처음엔 것으로 듣고 그럴 사람이 아니라고 반문했지만, 않을까 하는 의심도 들어⋯ 시詩에서 본 씨는 가부장적이었다. 미루어 보아 가능한 일일 것 같았다. 것을 고치지 않았다면, 이번 사건도 이라고 느끼지 못한 채 한 행동이었을 가능성이 크다. 하지만 그건 법적으로나 사회적으로나 되는 것이 현실이고, 상황에 따라 다르겠지만, 당사자가 그렇게 느꼈다면 것이 된다. 저녁 먹은 것이 부대꼈다. 보르헤스의 『픽션들』을 읽으며 일찍 잠자리에 들었다. 나는, 픽션,,,

# 지구는 한쪽으로 기운다

왼쪽으로 지축만큼
삐딱하게 앉고 마주한
모니터는 오른쪽으로 고개를 틀고

늘 하던 대로인데 활자들이
흩어져 더 활활해진다

오른쪽으로 배딱하게 바로
고쳐 앉으니 머릿속에서 기후가
변해 뇌우가 치고 방향이 방향을
공격하고 행간이 시선에 갇힌다

지구는 (기)울 만큼 (기)울지 못했다

# 0.9999…는 1보다 작을까

　어둠의 별들이 말했듯이 아무리 짧은 선분이라도 하나를 그어 봐. 그 선분에 있는 점들만 가지고 이 무한한 3차원 우주의 점 모두에 하나씩 대응시킬 수 있지.\* 네가 나보다 작거나 크려면 너와 나 사이에 더 작거나 큰 존재가 있어야 하는데 아무도 끼어들 수 없도록 무한히 가까이 가고 있어.

　정체를 알 수 없는 열 개에서 한 개를 빼면 나머지 아홉 개의 정체가 드러나.\*\* 일자一者로 드러난 그것의 실체는 없어. 무한히 접근하는 것의 전제일 뿐.

　똑같은 크기의 셋으로 쪼개면 정체를 알 수 없게 돼. 정체를 알고 있는 세 조각을 다시 붙여도 정체를 알 수 없게 된 세 조각을 합한 것과 같게 되어버려.\*\*\* 나는 없는 존재가 되는 거야. 무한히 접근해 가는 것의 전제일 뿐.

　0.9999…는 1과 같아, 너처럼. 너와 나의 한 몸처럼.

\* 물리학 박사 안성준 교수의 이야기

\*\*

$0.9999\ldots = x$

$10x = 9.9999\cdots$

$10x = 9 + x$

$10x - x = 9$

$9x = 9$

$x = 1$

\*\*\*

$\dfrac{1}{3} = 0.3333\cdots$

$\dfrac{1}{3} \times 3 = 0.3333\cdots \times 3$

$\dfrac{1}{3} \times 3 = 0.9999\cdots$

$1 = 0.9999\cdots$

# 파쇄

먹장 하늘 옹이처럼
허가 공을 보고
공을 보는 허를
옹이진 먹장 하늘처럼
공이 본다

내일 오는 차를
기다리며
타자로 살아온 먼 생의
신발 속에 묻힌
옹두리 궂긴 뼈를 또
예매한다

오지 않은 내일이
되면 차표처럼
발바닥의 굳은살을
갈기갈기 파쇄한

눈

# 문틈

안도 밖도 중간도 아닌
있는 곳에 없는

보여서도 보이게 해도
모두 안 되지만

가끔은 그곳으로 세상 엿보는
틔움의 여유다

# 바닥을 친 달은 추석추석 차오르고

추석추석 차오르는

달은 포복한 슬픔이다 미리 온 눈사람이 녹아 없어지는

12시는 없다 ∞번 출구와 0번 출구를 앞에 두고

보름은 호의인 줄 알다가 호되게 당하는 호러다

언제나 태풍 뒤에 오는

한가위엔 멸치 같은 아비가 은갈치 같은 아들을 바란다

태풍은 진로가 있고 달은 퇴로가 없다


시계를 오른쪽에 찬다 왼쪽에 차면 시간이 느리기 때문이

다 ― 나는 왼손잡이야

　맑스가 지구 빨갱이라면 나는 우주 빨갱이다 ― 지구호를

타고 태양계 레일을 달리며 방추紡錘의 은하계를 휘돌지


　빛을 추월하려 전력 질주하는

　나는 너를 숨하고 너는 그를 숨하고

　그의 마음엔 나를 보다가 있고 너의 마음엔 나를 듣다가

있고

　나의 마음엔…

우리에게 다가가다,가 없고 나들에게 다가온다,를 느낀다


시간의 입구를 지축의 힘으로 버티는
북극성은 가부좌를 틀고 움직이지 않지만
나들의 표정엔 우주의 축이 흔들린다


바닥을 치면 떠오른다고 니체가 말했다 시체도 할 수 있
는 말이다
마음들 사이에 매복한 바닥을
찾는 건 쉽지 않다 맑스도 니체도, 시체도·나도 찾을 수
없다
마음들 사이에 다가감을 디뎌야 드러난다
다가가는 나들의 얼굴에 우주가 둥글다

# 아침달

블라인드 너머 아침달이 둥글다
아침 달 아침달
햇빛 가리개는 달빛을 가렸다
둥근이 가려지고 모난이 채워지고
밤이 지고 달이 진다
아침과 달이
아직은 밤, 떨어지지 않으려 한다

빛이 차고, 차가운
달이 차고
가득 찬 아침, 달이 유한을 차고 올라
무한의 띠를 찬다

저 달은 누구의 빛일까
무한의 주인이 채운 문

블라인드 걷어 아침달이 둘이다
아침과 달이 떨어져 둥근도 둘이다

달보다 큰 이편의 아침
천장의 아침이 저편의 밤, 하늘에 둥글게 뜬다
밤이 지고 이젠 아침
달이 지고 사각이 둥글다

무한의 주인만이 열 수 있는 문

아침이 둥글어 빈 하늘이 무한이다
달이 사라진 빛이 무한의 문이고
열린, 문의 문이다

## 코기토Cogito

발을 구르고 땅이 울리고

손뼉을 치고 빌딩이 넘어가고

제자리가 달리고 팽글팽글이 지구를 돌고

빙하를 불고 입김이 녹아내리고

제자리에서 시간을 구르며 달리고 발이 마구 섞이고

손뼉을 치며 입김을 불고 세상이 사라지고

눈물을 흘리고 추억이 사라지고

공포를 채우고 허기도 사라지고

담배는 궤양을 커피하고 커피는 담배를 궤양하고

# 신과 인간의 변증법

신은 전지전능하므로 존재하지 않는다
자신이 감당할 수 없는 물건이나 알 수 없는 지식은 창조
할 수 없다

신은 인간을 창조했으므로 존재한다
인간은 자신이 알 수 없고 감당할 수 없는 것도 만들 수
있다

신은 인간에게 상상과 노동을 위임했다

# 어떤 윤회


바람을 빛내는 윤슬 위
고요가 심연을 드리우고

심연의 적막 아래
풍경이 공포를 깨운다

공포로 송그린 시간 너머

소슬한 노을의 숨으로

······ 스스스스 4444

죽은 시계의 소리

0시와 0시 사이에서
유영하는 오후 네 시

시간을 놓치기 위해 질주하는

바람의 흔적 윤슬 위에

고요가

심연을

# 죽음에 관한 한 연구

1


이 행성에서
같이 잘래요,라는 말은 섹스할래요,가 아니다
섹스할래요,라는 말은 같이 자자,라는 말이다

먹어라,라는 말도 우리 행성 말로 번역하면
받으세요,라는 말이다

2


인간의 색은 칠할수록 검게 되지만
자연의 빛은 혼돈에서 색을 발견해 갈수록 희게 된다
검은색도 희(게 된)다

3


삶도 모르는데 어찌 죽음을 묻느냐,고

해도 죽음을, 죽음 이후의 세계를 묻는다

공포가 사라진 순간

언어가 사라진 세계, 없는 언어의

공포

권선징역도 아닌 논공행성도 아닌

선발과 소멸의 영원, 그곳의 아우슈비츠

죽으면 죽음도 없다 죽음의 언어도 없다, 없는 죽음의

영원

죽음 앞에서 비겁한 자는 겁이 없고

죽음 앞에서 당당한 자는 언어를 갖는다

죽음의 세계는

언어를 가지고 갈 수 없는 곳, 없는 공포의

언어 지평선 저쪽이다

이곳에 존재하는

# 뭄

언필칭 세계 언어인 영어가 mom이라 표절해 갔어 미국
식으로는 mɑ́m, 영국식으로는 mɔ́m이라고 발음한다지 뭄
겨울왕국의 울라프Olaf를 떠올리게 해

나무위키는 말하지* 올라프, 북유럽 사람인데 10세기부터
노르웨이의 왕(Olav)이 되기도 했는데 고대 노르만어 Óleifr
에서 발원해 조상의 가보나 후손 따위의 뜻을 거느린다고
프랑스는 북유럽이 아니지 프랑스인 올리비에Olivier와 영국
인 올리버Oliver도 동명이인인가

노르웨이 왕 Olav는 독일과 덴마크에서 Olaf, 스웨덴에서
는 Olof와 Olov, 핀란드에서 Uolevi와 Olavi, 아이슬란드에
서는 Ólafur, 스페인과 포르투갈에서 Olavo라 불리지 브라
질에는 시인 올라부(Olavo Bilac)도 있어

영어 속어 사전 Urban dict에 따르면 얼라프는 고대 스칸
디나비아반도에서 큰 성기를 뜻했는데 지금도 미국에서는
거대한 성기를 Ólafur Jónsson라 속칭한다고 이걸 노리고

국적 불명의 한 서양인이 자신의 성기를 당근색으로 칠해
얼라프 코스프레한 움짤도 있다나 맘과 몸을 합해 뮴이라
부르지

* https://namu.wiki/w/%EC%98%AC%EB%9D%BC%ED%94%84

# 끝말잇기

하늘에 매달려 있으면 좀비처럼 보일 거야

누가 본다고 그래?

아무도 그렇다고 하지는 않아

하지는 않지만 그런 생각이 들어

누가 든다고, 생각이?

생각이 든다고 나가는 것이 아니고

나갈 수 없어 사방이 벽으로 막혀 있으니까

막힌 공간에서 매달려 있으면 아무도 못 볼 거야

못 볼 거란 생각이 들어

들을 수 있겠지 소리 지르면

지르는 소릴 들어도 알 수는 없어

알 거야 물구나무서면 하늘이 좀비에게 매달려 있다는 걸

# 환자 — 입원 30일째

약 냄새다 피부에서 내장에서 가슴에서 머리에서 약 냄새
다 생각에서도 약 냄새의 색, 약 냄새의 소리, 약 냄새의 느
낌이다 육인용 병실이 되고 출입문이 되고 침상이 되고 벽
이 된다 그렇게

병원 되기는 삼십 일째 되는 날 시작된다 되기는 되는 날
된다 그런데 간호사나 의사로는 되지 않고 간병인으로도 청
소부로도 되지 않는다 그렇게

사람으로 되지는 않는다

제3부

## 결핍의 욕구학

감성이 결핍된 신들은 자신보다 더 정서적인 천부 감성적 인간을 창조해 저를 찬양하고 또 싸우게 했다

지능이 부족한 인간은 자신보다 더 예민한 인공 감성적 지능을 만들어 저를 찬양하며 싸우게 하고 또 싸울 것이다

# 날씨

2018년 12월 14일 눈?


충청도 일부에만 내렸는데
서울에서 충청도를 경유해
경산으로 돌아온 날
일기에는 뭐라고 써야 하나


왜, 일기에 날씨를 쓰지?
(예보된 일기는 일기에 나타나지 않는데)


여기 오늘에 들어서니 첫눈은
아직 오지 않았고 눈 대신 흐림이
인류세(anthropocene)의 적폐가 되어 있군요


나는 일기를 쓰지 않아요
나는 일기를 쓰지 않겠습니다

# 그날 이후 세상에서 가장 조용하고 우렁한 음악

— 2014년 4월 16일


침묵의 연주, 절대 시간 4분 16초*


\* 존 케이지(John Cage)의 〈4분 33초〉(1954). 4분 33초 동안 아무것도 연주하지 않은 이 실험 음악에서 4분 33초는 모든 생물들이 정지하는 절대영도 -273.15℃를 뜻한다.

# 그날 이후 세상에서 가장 짧고 긴 시

— 2022년 10월 29일

묵념, 10분 29초*

* 황지우의 시 「묵념, 5분 27초」를 빌림.

# 여의도의 자식들

이를테면 둘도 없는

235711131719232931374143475359616771737983  8997…

或?

# 몽타주

　열등감보다 강한 건 없는 적산敵産 혐오처럼 수만 미터 수
심愁心이 새털 한 가닥 바람의 수심獸心으로 붉어 새와 곤충
이 다르듯 벌閥들을 차별하고 '모든 동물은 평등하다. 돼지
는 더 평등하다.'*고 외치는 무리와 '모든 동물은 자유롭다.
불독은 더 자유롭다.'라고 외치는 무리가 지배하는 동물농
장 그 안의

　* 오, 조지 오웰

# 처음부터 도돌이표

영화 평론 단톡방에 〈처음부터 도돌이표〉라는 시니어 배우 공개 오디션 공고가 올라왔다. 내게 응모해 보지 않겠냐고 묻는다면, 내가 할 줄 모르는 건 많고 많은데 그중에서도 정치와 연기를 가장 못한다고 대답하겠다. 그래서 나는 정치학과 영화 평론을 하는지도 모른다. 이 모른다는 모른다가 아니라 안다다. 가장 못하기 때문에 못하는 것이 어떤 것인지를 안다. 그 정도면 잘 아는 것이니 실제로도 잘 할 수 있을 거라는 얘기에 홀딱 넘어간다면, 나는 아직 정치와 연기를 모르는 것이다. 이 모르는은 진짜 모르는이다.

횟집 데모크라시는 민주 주의注意다. 〈처음부터 도돌이표〉라는 시니어 배우 공개 오디션이 진행된다. 서로 인민주의(populism)라고 비방한다. 인민주의를 주의하라. 인민주의를 인기영합주의(popularism)로 간주하는 허수아비 전법이다. 자신의 연기에 신경 쓰기보다 상대방 연기에 싱크홀을 내려고 혈안이다. 연기는 정치다는 아니지만 정치는 연기다.

우왕좌왕右王左王 아시타비我是他非. 선장이 바뀌면 배가 불탄다. 허공으로 추방돼 구름처럼 흩어져 비도 내리지 못하고 사라진다. 인연이 없으면 결과도 없다. 〈처음부터 도돌이표〉는 시니어 배우 캐스팅 보트boat다. 사라진 연기가 먼지로 돌아와 연을 맺고 기가 찬다. 군주민수君舟民水라 하고 재주복주載舟覆舟라는데, 재주는 국민이 넘고 복주는 정치배가 마신다.

# 실밥

실:빱이라고 말하면 실이다. 옷을 뜯을 때 뽑아내는 실의 부스러기 아니면 꿰맨 실이 밖으로 드러난 부분. 이 밥은 '연장으로 베거나 깎은 물건의 부스러기'인가. 난쟁이를 '소 인증으로 인하여 키가 평균에 비해 매우 작은 사람을 낮잡 아 이르는 말'로 규정하고 낮잡지 않고 이르는 표준어를 정 하지 않은 표준국어大사전을 신뢰할 수 없다. 하긴 파워는 등재해 놓고 테왁은 등재하지 않았으니 말해 뭣하겠어. 사 대事大의 자유와 오염수 방류의 자유를 숭상해 금지를 불어 넣고, 평등한 자주自主와 테왁의 삶은 낮잡아 금지를 내리꽂 는 힘이든가 짐이든가. 어쨌든 쭉정이다. 실:빱 같은 썩을!

실:밥이라고 하면 밥이다. 실로 만든 밥 아니면 실같이 가 늘고 긴 밥. 표준국어大사전에 없는 말이다. 실:밥 같이 살 아야 하는 삶에 관심 없는 표준정치大사전에서도 무시되는 말이다. 끼니로 먹는 음식, 동물의 먹이, 나누어 가질 물건 중 각각 갖게 되는 한 부분, 남에게 눌려 지내거나 이용만 당하는 사람을 비유적으로 이르는 말, 밥 중에서도 실:밥인 가. 실:밥같이 살아서가 아니라 누구는 누구의 밥이다. 그냥 밥. 그중에서도 실:밥. 용산은 때와 장소를 가리지 않는 사

정으로 바람 잘 날 없고, 여의도에서는 승산파乘算派와 가산파加算派의 오버액션 전투가 한창이다. 진실이거나 찐썰이거나. 웬 썩을! 비정秕政.

# 세계 속의 한국인 그리고 비정규직

도이체는 일하기 위해 살고

프랑세즈는 놀기 위해 일하고

이딸리아니는 놀기 위해 산다는데

한국인은 살기 위해 일하고

비정규직은 죽지 못해 일한다

# 밥 먹었니

'라'로 끝내지 않으려 한다
'냐'로도 '냐'로도 마치지 않으려 한다
'니'로 쓰거나 '어'로 마무리한다

딸아이에게 카톡을 쓰며
'옷 따뜻이 입어라'가 아니라
'옷 따뜻이 입어'
'밥 먹었나?' '밥 먹었냐?'가 아니라
'밥 먹었어?' '밥 먹었니?'

나는 우리말을 사랑하지만

존댓말이 없어지면 좋겠다

아직 구름이 다 걷히진 않았지만
바람은 분다

# 도시와 지구

I

살을 다
발라먹은 조기처럼

뼈로 남았다*

찌를 듯 빳빳이
가시로 누웠다

II

북극과
남극 사이
위도와 경도
으르렁대며
서로 침략한다

* "살점을 다 발라먹자 조기는 뼈로 누웠다"(황규관, 「빛나는 뼈」).

# 타잔과 탠터

    탠터*가 긴 코를 비스듬히 내리자 타잔이 무릎 간격으로 난 상흔을 밟고 뒷목에 훌쩍 뛰어올라 펄럭이는 귀를 잡고 전방을 가리킨다 '앞으로' '달려' 상아 밀렵꾼들을 몰아내려는 마음으로 타잔은 조급하다 상흔이 밟힐 때마다 서너 살 적 나무 기둥에 묶였던 절망과 불후크**의 두려움이 먼저 달린다 '멈춰' '앉아'

    얀마 족 친구들과 타잔이 탠터를 엄마에게서 떼어내 사지를 묶는다 엄마의 울부짖음, 쇠갈고리로 파고드는 명령들, 날카로움의 강도로 기억하는 칭찬, 떨어져 나가는 살점들이 코와 귀에 성년식으로 들러붙는다 피로 엉긴 솜털이 철사로 옹이 진 정수리,에서 야생의 영혼이 빠져나가 우리들의 성년이 된다 일주일의 파잔\*\*\*이 칠 년을 열 번 반복해 산다 그때부터 탠터는 그들을 타잔이라고 부른다 '오른쪽으로' (퍽) '왼쪽으로' (퍼억) '굽혀'

'잘했어' 사람들이 보고 있을 때는, 과자를 준다 고래처럼 춤을 추어야 한다

---

\* Tantor. 디즈니 애니메이션 〈타잔〉에 등장하는 코끼리.
\*\* Bullhook. 코끼리를 부리는 막대기로, 끝이 뾰족하고 낚싯바늘 모양의 갈고리가 붙어 있다.
\*\*\* Phajaan. 코끼리의 야생성을 없애고 복종하게 만들기 위해 서너 살 때 어미와 분리해 극도의 고통을 가하는 의식.

# 코로나19

　살인자의 변태 자식 그나마 잠들면 예쁜 딸아들 아들딸
깨어나면 사단 고음으로 호흡기에 불을 질러 관심 주의 경
고 심각 ! 살아진 엄마가 돌아가시고 돌아가신 아빠가 사라
지는 나날 없어진 나의 날들 앙상한 불가촉천민을 접촉해
자가自家 있는 확 찐 자로 만들고 변태 자식을 낳을 거야 또
낳겠지 너도 나도 위급한 아주 중요한 사람들 Co-VIP119 빈
부를 따지지 않지만 빈자일등! 피살자도 살인자로 만드는
바이러스 세계 대전으로 서열을 재편하려는 코로나19는
1919년에 등극한 늙은 왕을 교체할 것인가

# 코로나19의 호시탐탐*

4월 닭장에 에어컨을 켠다. 봄날의 나른함을 채근하지 못하게 하려는 거다. 에어컨이 되어가면서 목도리와 카디건을 두른다. 목소리에 성에가 끼지 않기 위해서다. 햇빛이 없는 날에도 블라인드를 내린다. 콜만 열심히 하지 않고 창밖을 볼까 봐 두려운 거다. 젊은 교주의 메신저 창에 'ㅅ'이 뜬다. 저쪽 콜순이가 화장실 가겠단다. 하지만 조금 전에 간 이쪽 콜에서 아직 'ㄴㄹ'이 올라오지 않았다. '손 듦'은 'ㅅ'으로 되는데 '손 내림'은 'ㄴㄹ'로 두 글자라서 길다. 'ㄴ'만으로 바꾸면 신이 더 좋아하실까? 감시에 집중하며 젊은 교주는 고민하고, 성과판을 쳐다보던 콜순이는 투구를 고쳐 쓴다.

* 김관욱, "바이러스는 넘고 인권은 못 넘는 경계, 콜센터,"『창작과비평』제 188호(2020년 여름)를 읽고.

# 코로나19가 지구 온난화에 미치는 영향

늦은 점심을 먹고 한 달째 집을 나서지 않은 채 신과 대화하지 않았다. 저녁을 거르고 저승의 사타나스와 얘기할 생각은 없다. 대구에 내려온 문재인 대통령을 만나지 않았고, 상주하겠다는 정세균 국무총리도 만나지 않았다. 이 엄중한 상황에서 외출을 자제해야 할 것이다. 소크라테스나 공자와는 개인적으로 안면도 없고 마땅한 이유도 없어 토론을 벌이지 않았다. 부처와 예수도 신앙이 달라 군이 데카메론에서 만나야 할 이유를 찾지 못했고, 트럼프나 시진핑과 골프? 골프는 칠 줄도 모르지만 장거리 회동은 더더욱 자제해야지. 월령 2개월의 신종 코로나바이러스가 나를 만나러 집 앞 슈퍼까지 다녀갔다는 얘기도 듣지 않았다. 지금은 2020년 2월, 물 건너기 전까지 따지면 햇수로 2년째다. 한동안 슈퍼 인근에서 기다리겠다는 전갈도 받지 않을 거다. 내일보다 어제가 나을 것이라는 생각을 품지 않겠다.

# 토사구팽

신이 인간을 창조했듯이
인간은 자신의 형상을 따라 신을
만들고 또 죽였다

개를 잡기 위해
토끼를 쫓는다

## 수화手話

벙어리장갑을 끼어 벙어리가 되었다

할 수 없이 입으로 말을 해야만 했다

제4부

## 맞는 줄 알면서도 들으면 기분 나쁜 말이 있다

가령, '사람이 세상 전부를 사랑할 수는 없어
… 너는 나의 전부야'
라는 말을 남자친구로부터 듣는다면 말이다

센스 있는 친구라면
'너에겐 그 불가능을 해낼 수 있을 것 같아'
라고 수습할 텐데

때로는 '너 하나만은 영원히 사랑할 거야'라는 말이
길어질 수도 있다
위험하지만 끝까지 들으면 더 기분 좋은 말도 있다

# 멜로디와 저수지

없는 문을 달려 멜로디를 훔쳤다
응시를 빼내 저수지의 물로 훔쳤다
날씨가 들이치고 순간은 속수무책이었다
오면 오지 않고 가면 가지 않는 시간이었다
봄 겨울이 가고 갈 여름이 또 그렇게
너에게로 떠났다

손님처럼 짧게 머물다 오지도 가지도 않았다

훔친 멜로디로 멸치 떼를 만들고
저수지의 응시로 바다를 이루었다
저 멸치들의 지느러미 날갯짓
모두 모으면 백두산 하나쯤 밀어 올릴까
저 바다 숨탄것들의 지느러미 활갯짓
모두 모으면 지구 하나쯤 헤엄치게 할까
겨울 갈 여름 봄을 향하여
순간을 머물다가 떠나다가

# 23.45도

지금 지구는 자전축을 기준으로 약 23.45도 기울어서 태양 주위를 돈다, 고 해요. 왜 23하고 45인지는 몰라요. 하지만 지구에서 태양을 향하는 것이 여름엔 북반구이고 겨울엔 남반구인 것은 분명하다, 고 알려졌어요. 이렇게 계절의 변화를 자초한다는 것이지요. 사실 23.45는 대략 사만 일천 년을 주기로 변하는 21.4와 24.5 사이의 한 지점일 뿐 실체가 없어요. 실제로 누가 봤는지는 모르지만 말이에요. 이 기울기가 작아질수록 여름은 덜 더워지고 겨울은 덜 춥게 된다네요. 극지방에서는 햇빛이 다소 큰 각도로 입사되어 계절에 따른 온도 차가 적어진다고 해요. 지구 온난화가 이것과 어떤 관계가 있는지 아무는 침묵하지 않아요. 자신 있게 말하지도 않고요. 누구는 지축과 심축의 기울기가 일치한다고도 하지요. 모두가 기울었는데 누군들 기울지 않겠냐고 묻지 마세요.

# 기억의 미래

잘 아는 사람이라며 아내가 잘 아는 여자를 데려왔다. 생각나지 않으려는 나쁜 기억이 있다. 다음 날 아침 여자가 왼손에 서재를 쥐고 있는 것을 서재에 들어서며 보았다. 다그치며 물었는데 식식 웃기만 한다. 나가라고, 서재를 왜 쥐고 있느냐고. 딸이 들어선다. 여자가 어린 쥐처럼 대하자 딸애는 유치원생으로 돌아가 복종한다. 나쁜 기억이 있는데 생각나지 않는다. 당장 나가라는 소리를 들은 아내가 들어선다. 여자를 감싸고, 여자는 쥐를 토한다. 여자를 내보내지 않으면 내가 나가겠다고 위협했다. 아내는 고양이를 토하며 울 것 같았지만 울상을 짓지 않고 여자가 왜 왼손으로 잡고 있었는지를 묵묵부답으로 설명한다. 정말 집을 나가지 않으면 여자가 내 몸에 송곳을 꽂을지도 모른다. 여자가 집을 차지하고 아내는 쥐 지키는 고양이가 될 것이다. 딸애는 새앙쥐가 되겠지. 내가 개를 토하자 여자는 토한 쥐를 삼키고 시커먼 곰쥐로 최대화한다. 나쁜 기억이 생각나지 않는다. 아내는 키우겠다고 잘 살 수 있다고 침묵 다짐했다.

# 미래를 아는 자에겐 미래가 없다*

비는 오는데 우산은 없고 = 비는 다음에 오는데가 있고 없고는 우산 뒤에 섰는데 틀림없이처럼 오독을 유도하는 단어를 사용하지 않은 죄로 비정규직은 혼자 와서 죽었고 정규직은 셋이 와서 포스트잇을 뗀다**

빛은 속도가 없다 속도가 있다면 외로울 거다 입에서 나오는 것이 속도다 속도가 나와 소리가 될 때 그것은 말이다 아니다 입에서 나오는 것은 소리일 뿐, 귀에 들어가야 비로소 말이다

시간에서 힘을 빼고 가슴으로 남을 때 시간이 포로롱 날아간다 차가운 하늘빛은 가까운데 없애지 못했다 옆구리가 아파서 세상을 노려본다 오른쪽 아래 옆구리는 강호 무인의 최대 약점이니까

기성 미래도 미래일까 E 대표와 은 의원이 다툰다 그들은 희망하길 멈추지 않고 정 교수는 그들이 멈추길 희망하지 않는다 EEJ해도 미래는 한통속이다 미래를 아는 세상에 미래가 있을까

\* 영화 〈Paycheck〉 (오우삼, 2003)

\** "하늘로 보내는 구의역 포스트잇,"《헤럴드경제》, 2016.06.02.

# 나방은 치어체로 말하지만

해는 그냥 지지 않는다
어둠에 지는 것이고 달에게 밀리는 것이다

평등 위에 평등, 자유 밖에 자유
반도는 빨갛게 통일되었다
왕이 된 사람과 왕이 되고 싶은 사람의 색깔로

개발새발 괴발새발
개와 새와 고양이의 발자국이 얼마나 정교하고 규칙적인가
인민처럼 국민처럼 무시해도 되는 건가

날개 꺾인 나방
혁명의 색깔을 되찾아 나비가 될까

문어체와 구어체의 공통점은 혁명의 소리처럼 둥글다는 것
나방은 치어체로 말한다

해는 그냥 지지 않는다
나방의 꺾인 날갯짓으로도 어둠을 몰고 올 수 있다

# 고등어의 꿈

휘황한 야백夜白의 불빛을 바라 바다 위를
꿈꾼다 천평선天平線 아래 어른거리는 멸치 떼와 새우 떼
생존의 자유를 위해 위험을 무릅쓴다 저들은
목숨을 건 여행을 감행하고 우리는
바다를 건 여행을 감행한다 조인釣人들이
낚시를 포기하지 못하는 이유가 되더라도
감행을 감행한다

고돌이로 태어나 한 손 두 손 고등어로
바다를 떠날 때까지 안빈낙도는 못 해도
소탐대실은 해야지 등을 푸르게 가꾸며
자유의 생존을 좇는다 조인의 손아귀를 뒤흔드는
거센 몸부림 시장에서도 밥상에서도
감기지 않는 눈 집어등의 황홀한 불빛을 따라
바다 위를 꿈꿨다

# 닭의 어원

닭의 어원에는 세 가지 설이 있다.

날개가 있는 놈이 땅 위를 다다다 뛰어다니는 것을 보고 사람들은 애초에 '다'라고 불렀는데, 아예 날지 못한다는 것을 나중에 알게 되어 '날개'에서 어근의 핵심인 '나'와 날개를 닮은 'ㅐ'를 삭제해 두 다리만 남기는 방식으로 받침 ㄺ을 만들어 붙였다는 설. 두 번째 설은 첫 번째 설이 정병기가 지어낸 썰이라는 설. 세 번째 설은 두 개의 설이 모두 옳다는 설.

2등 이하는 존재해도 쓸모없다고 생각하는 나라에 살지만 세 번째 설이 맞는다고 나는 생각한다.

세상의 이치가 대개 이와 같다.

# 武

무武를 이해하는 방법에는 크게 세 가지가 지배적이다. 첫째, 철학적 접근이다. 이 방법을 사용하는 사람들은 무武를 무도武道로 부르며 무인武人을 무도인武道人이라 칭한다. 둘째, 예술적 접근이다. 이 시각에 따르면, 무武는 무예武藝가 되며 무인武人은 무예가武藝家가 된다. 셋째, 기술적 접근이다. 이 입장에 선 사람들은 무武를 무술武術로, 무인武人을 무술인武術人으로 부른다. 한편 최근에는 이 모든 접근 방법을 거부하고 무武를 무武 자체로 보면서도 맥락을 중시하는 현상학적 화용론이 등장해 주목받고 있다. 무武를 규정하기 시작하면 무武는 사라지고 도道나 예藝나 술術만 남다가 결국에는 그조차도 사라져 무도無道, 무예無藝, 무술無術이 된다는 주장이다. 무인武人도 안하무인眼下無人이 될 것이다.

# 바벨탑의 신화

바벨탑 이후 인간의 언어는 신의 언어와 달라졌다 바벨탑의 신화는 아담과 이브에 이어 인간이 신에 도전한 두 번째 시도였다 아담과 이브는 신으로부터 금지된 열매의 하나를 먹었다 에덴동산에는 세 그루의 나무가 있었는데 그중 두 그루가 지혜의 나무였다 아담과 이브는 '선악을 알게 하는 지혜의 나무'에 열린 선악과를 따 먹었고 '지식과 상상을 가능케 하는 지혜의 나무'에 열린 지상과智想果도 먹으려 했다 사라진 창세기에 따르면 선악과는 종교와 도덕을 인식할 수 있게 하는 지혜의 열매이고 지상과는 공동체의 평화와 발전을 가능케 하는 지혜의 열매다 그들은 지혜의 나무 열매를 먹고 신과 그 피조물의 세계를 더 상세히 알고자 했다 신을 경외하고 사랑했기 때문이다 그런데 "사람이 우리들처럼 선과 악을 알게 되었으니, 손을 내밀어 생명나무 열매까지 따 먹고 끝없이 살게 되어서는 안 되겠다" 전해오는 「창세기」 3장 22절의 기록처럼 신은 그들을 오해해 내쫓고 에덴을 폐쇄했다

그래도 아담과 이브의 후손들은 신을 버리지 않았다 바벨탑을 쌓아 지상과를 먹으려고 다시 시도하며 신에게 다가가

려 했다 그러나 바벨탑을 보고 신은 또다시 오해했다 그들이 영생과를 탐냈을 뿐 아니라 자신의 권력마저 노린다고 본 것이다 신은 박탈 가능한 자신의 지위가 불안했다 두 번째 시도가 가능했던 것도 사실은 인간이 신의 언어를 쓰고 있었기 때문이다 그래서 인간들이 더 이상 신의 언어를 쓰지 못하게 했고 안전장치로 인간들끼리도 다른 언어를 쓰게 했다

인간은 지상과를 획득하지 못해 세상을 평화롭게 다스리는 지혜를 얻지는 못했다 하지만 바벨탑을 쌓으면서 상상력을 길렀는데 언어마다 다른 신이 생겨난 것도 그 때문이다 세 번째 시도는 가능할까 관건은 신의 언어를 알아낼 수 있느냐 하는 것 그러나 바벨탑의 경험은 상상력을 통해 인간 세상에서도 지상과의 효과를 거둘 수 있음을 알게 해주었다 영생과를 지상地上의 과일로 재배할 수 있을지는 몰라도

# 불온한 상상

상상은 애절한 홀씨

· · · · · ·
나와 있으면

외로울

거야

상상은
예언*보다 앞선 그림자


* 예언은 우연과 필연의 사생아

# 지평선

내가 지금 밟고 있는 곳

# 슬픔은 나를 강하게 만들 거야

바람의 미소가 네 몸짓을 미분하듯이
너는 미소를 향한 맑음으로 빛나고

구름의 적막이 나의 마음을 적분하듯이
나는 적막을 향한 환幻으로 움직여

슬픔에도 중력이 작용하는 걸까 그래도
나는 한 그루 환의 나무를 심을 거야

바람이 이렇게 거센 줄 몰랐지만
미소가 이렇게 달콤한 줄 알지만

미소를 찾아 바람을 따라가지 않도록 할래
슬픔에서 중력이 사라져도 나무는 포기하지 않을래

너의 몸짓은 구름을 향한 빛이 아니야
바람이 미분으로 내민 미소지

나의 마음은 바람을 향한 움직임이 아니야
구름이 적분으로 내민 적막이지

몸짓과 바람의 미분이 만나는 곳에서
너는 나무보다 높이 날아오를 거야

마음과 구름이 쌓이는 곳에서
환은 계속되고 슬픔은 나를 강하게 만들 거야

# 묘

AY를 한자로 바꿔 보세요 등록된 한자가 없어서 바꾸기에 실패했습니다 한글로 바꾼 다음 다시 바꿔 보세요 순채 蓴菜가 뜨고 무덤이 솟고 토끼와 고양이가 튀어나오니 묘하죠 열째 지지 닭이 넷째 지지 토끼와도 같은 글자(卯)를 쓴다는 것을 아세요? 햇솜 같은 깃 술이 부릅뜨고 깜짝 놀랄 이에요 벼가 여물지 않을이면 개미누에도 있지요 이묘라는 새를 알아요? 묘는 호수 이름이기도 해요 애꾸눈 닻이 아득하지요 겨드랑이와 허구리도 고양이 우는 소리처럼 묘에요 큰물이 작은 피리와 겨루네요 눈매 고운 여자의 아름다움도 묘해요 묘성昴星은요 지구에서 410광년 정도 떨어져 있는 파란 하양의 별무리래요 한 해의 풍흉豐凶을 판단한다는데 좀생이라네요 뜻이 바뀐다고 꼭 음이 바뀌지는 않아요 음이 바뀐다고 반드시 뜻이 바뀌지는 않는 것처럼요 두렁이랑 이랑이랑 무가 백 평이지만 묘도 백 평이에요(畝) 참소리쟁이는 적苗이고 누워 뒹굴은 원夗인데 또 토끼 묘네요 초로 읽으면 작은 모양이고 떠들도 되는 분초지요 세상과 우주와 시간이 다 한 글자예요

# 오타

'삶', 하고 자판을 치면
'살음'이 아니라
'사람'이 써진다

사람을 사랑하라
그것은 원래
삶을 사랑하라, 였으니

# 우리는 모두 곰롬에서 왔다


시집 여백에 비친 무지개

밖을 보니 없는 무지개다

창문을 투과해 여백에 와서야 문이 생겼다

물로 이루어진 둥근 문(戶)

그 안에는 누가 살까

눈물로도 무지개를 만들 수 있나


눈물문, 세상을 거꾸로 보아야 들어갈 수 있는

귀가 뾰족한 요정들이 사는 곰롬의 계곡

기뻐서 흘리는 눈물과 행복해서 흘리는

눈물이 흐르는 계곡

쌍무지개 위에 감람 같은 두 망루가 떠 있다


곰롬곡을 나가면

눈물은 슬퍼서 흘리고 아파서 흘린다

어쩌다 기쁘거나 행복해서 흘릴 때는

잠시 곰롬곡의 데자뷰를 본 것이다

막 태어난 아기를 안은 아빠의 눈

그 아기에게 첫 젖을 물리는 엄마의 얼굴


물문 안에는 지느러미가 뾰족한 물고기도 살겠지
일곱 가지 색깔의 자취를 끌며 헤엄치고 해녀가 물질하
는 곳
시집은 젖지 않는다 빛으로 이루어진 문
빛이 젖어 물이 되면 곰롬곡이 떠오를 거야

## 사랑은 서로의 가슴속에 울리는 음악을 듣는 것이라 했다

토끼를 보았는데 알고 보니 도끼였다

도끼를 보았는데 귀가 보인다 잘린 귀다

귀는 불빛을 듣는다

불빛을 들었는데 알고 보니 물밑이다

물밑에 물이 없다 소리 없는 물이다

없는 물은 소리가 그립다

물이 흐르는 소리는 물소리가 아니다

지느러미 엄불리는 소리 올챙이 당싯거리는 소리 이끼 담방이는 소리 돌이 갈마드는 소리 바람이 노구라지는 소리 숨이 숨 쉬는 소리까지

지구 중심에서 울리는 음악이다

숨이 다할 때 마지막까지 남는 감각이 청각인 것도 이 때문이다

귀를 쫑긋 세우면 물밑에서도 불빛을 보고 도끼에서 토끼가 보인다

한 귀만 세워도 서로의 가슴속에 울리는 음악을 들을 수 있다

# 21세기의 데카르트가 펼치는 생각, 존재, 사랑, 사람의 콘서트

권온

# 21세기의 데카르트가 펼치는 생각, 존재, 사랑, 사람의 콘서트

권온

(문학평론가)

1

정병기라는 인물을 규정하는 일은 쉽지 않다. 그는 시조와 시를 쓰는 시인이자 영화평론을 쓰는 영화평론가이며 정치외교학과 교수로서 활동하는 정치학자이다. 물론 필자가 이번 글에서 주목하려는 대상은 원칙적으로 시인으로서의 정병기이다. 시인의 두 번째 시집에 해당하는 이번 시집에서 필자가 주목하려는 시들은 11편으로서 구체적으로는 「사랑하는 사람이 생겼어」, 「무의미의 축제」, 「생각 잇기」, 「신과 인간의 변증법」, 「죽음에 관한 한 연구, 「결핍의 욕구학」, 「처음부터 도돌이표」, 「세계 속의 한국인 그리고 비정규직」, 「밥 먹었니」, 「오타」, 「사랑은 서로의 가슴속에 울리는 음악을 듣는 것이라 했다」 등이다.

정병기의 시를 읽는다는 것은 넓은 관심사와 깊은 식견을 소유한 시인, 영화평론가, 정치학자와 대화하는 일과 다르지 않다. 그가 공식적인 시인의 이름을 얻은 시기는 2018년이지만, 그의 시는 이미 수십 년 전부터 시작되고 있었다. 독자들로서는 정병기의 시를 읽으며 '신', '자연', '인간(사람)', '삶', '죽음', '말', '글', '언어', '시', '정치', '연기(영화)', '세계', '한국(한국인)', '우리말', '사랑', '생각', '존재' 등의 어휘를 구체적인 맥락 속에서 감각적으로 경험할 수 있는 드문 기회를 얻게 될 것이다. 시인이 조성하는 시 세계를 확인해 보자.

2

정병기가 이번 시집에서 주목하는 가장 긴요한 주제 중 하나는 '사랑'일 수 있다. 시인이 집중하는 '사랑' 관련 시편으로는 「사랑하는 사람이 생겼어」, 「오타」, 「사랑은 서로의 가슴속에 울리는 음악을 듣는 것이라 했다」 등이 있다.

파울로 코엘료Paulo Coelho는 '사랑'과 관련하여 다음과 같이 언급한 바 있다. "I love you because the entire universe conspired to help me find you(내가 당신을 사랑하는 이유는 온 우주가 내가 당신을 찾는 것을 도와주기 위해서 공모했기 때문이다)." 코엘료의 문장처럼 '사랑'은 '온 우주'가 '나'와 '당신'의 연결을 돕는 특별한 경험일 수 있다.

변심한 사람은 미안해하며
사랑하는 사람이 생겼어, 라고 말한다
다른 사람을 사랑하게 됐어, 라고 말해야 하는데
지금까지 아무도 사랑하지 않았다고
말하는 잔인한 사람

―「사랑하는 사람이 생겼어」 전문

시인이 이 시에서 주목하는 인물은 "변심한 사람"이자 "잔인한 사람"이다. 우리는 때때로 '누군가'를 사랑하던 마음이 '다른 누군가'를 사랑하는 마음으로 변하는 현실을 목격한다. '과거의 사랑'을 '현재의 사랑'으로 치환하는 인물은 누군가에게 변심한 사람이자 잔인한 사람으로서 다가온다. 정병기가 설정한 인물이 문제적인 이유는 '과거의 사랑'을 전면적으로 부정한다는 사실과 무관하지 않다. '과거의 사랑'은 변심한 연인에게서 "다른 사람을 사랑하게 됐어"라는 말을 기대했으나, 실제로 발생한 언술은 "사랑하는 사람이 생겼어"이다. '과거의 사랑' 입장에서 이와 같은 언술은 '나는 여태 그 사람에게 사랑하는 사람이 아니었나?'라는 의문으로 이해될 수 있다.

정병기는 '말' 또는 '언어'를 매우 섬세하고 예민한 방식으로 해석한다. 우리는 일반적으로 "사랑하는 사람이 생겼어"를 "다른 사람을 사랑하게 됐어"로 이해하곤 하지만, 시인에 의하면 "사랑하는 사람이 생겼어"는 "지금까지 아무도 사랑하지 않았"던 사람이 최초로 사랑하는 사람을 만나게 되었음을 의미한다. 정병기가 이 시에서 설정한 '변심한 사람', '잔인한 사람'의 변심, 잔인은 다소 과장되거나 과도한 것일 수 있다. 그러나 시인이 보여주는 언어를 향한 섬세하고 예민한 집착, 과장되고 과도한 해석은 제목을 포함하여 4회 출현하는 이 시의 '사랑'을 더욱 특별한 경험으로 고양한다.


출렁이는 지하철 안에서 밀란 쿤데라의 『무의미의 축제』를 읽는다 강물에 뛰어드는 소리를 듣고 딸에게 전화를 건다 혼자 떨어져 자취하며 편입 시험 준비하는 딸애 집에 다니러 갔던 길, 아침 일찍 토익 치러 가는 것을 보고 집을 나왔다 시험 끝날 때가 되어 전화를 했는데 받지 않는다 시험을 잘못 봤나, 사고가 났나, 물에 뛰어든 사람이 여인인 걸 확인한다 여인이 물에서 나온다 강가에 둔 자동차에 가서 다급하게 열쇠를 찾는다 열쇠를 찾지 못해 당황한 것인지 당황해 열쇠를 찾지 못하는 것인지 확실치 않다 물에서 헤엄쳐 나오는 모습도 헤엄을 치는 것인지 허둥지둥 기어 나오는 것인지 애매하다 또 전화를 걸어보고 앞 페이지로 돌아가 다시 읽는다 한 여자가 자살을 시도하고 한 소년이 구하러 뛰어든다 여전히 전화를 받지 않는다 갑자기, 그만해요 라고 소리치고 소년이, 여자가 자살하려던 물속으로 내리누른다 소년을, 구하려던 소년을, 수면이 집어삼키고 여자에게 깔려, 여자만 떠올라 강가로 나온다 쿤데라의 세계를 벗어나 세상 물정 모르는 소녀로 소년이 바뀐다 단축키, 다급하게 누른다

—「무의미의 축제」 전문


이 시에서 눈에 띄는 바는 인물과 연결된 다양한 행동 또는 동사이다. 우선 등장하는 행동 또는 동사는 "읽는다"이다. '아버지'로 추정되는 인물은 지금, "지하철 안에서 밀란 쿤데라의 『무의미의 축제』를 읽는다" 소설을 읽는 그는 누군가 "강물에 뛰어드는 소리를 듣"는다. '읽다'에 이어지는 행동 또는 동사는 '듣다'이다. '아버지'는 "물에 뛰어든 사람이 여인인 걸 확인한" 후 "딸에게 전화를 건다" '아버지'는 물에 뛰어든 여인과 '딸'이 같은 사람이 아니기를 바라면서 딸에게 "전화를 했는데 받지 않는다"

이 시에 등장하는 인물로는 '아버지', '딸', "자살을 시도"한 "여자"(물에 뛰어든 여인), "소년", "소녀" 등이 있다. 흥미로운 점은 작품에 등장하는 인물들이 위치한 공간이 '소설'과 '전화'

와 '컴퓨터'를 매개로 다채롭게 펼쳐진다는 사실이다. 곧 "앞 페이지로 돌아가 다시 읽는다", "쿤데라의 세계", "전화를 걸어보고", "단축키" 등의 표현은 인물과 행동의 복합성을 증폭시키고 삶의 "무의미" 또는 "축제"로서의 삶을 완성한다.


생각합니다 고로 나는 존재합니다


존재합니다는 존재스럽습니다


습니다는 쌍팔년도에 읍니다가 바뀐 것입니다


바뀌지 않은 것은 생각합니다로군요


생각하지 않을 생각입니다


그럼 나는 존재스럽지 않습니다


생각하(지 않)는 나는 존재합니까


말을 하지 않기 위해 말을 합니다


글을 쓰지 않기 위해 글을 씁니다

시를 짓지 않기 위해 시를 짓습니다

—「생각 잇기」전문

정병기의 시를 읽는다는 것은 새로운 경험과 기꺼이 마주하는 일이다. 시인은 이번 시에서 "생각"에 주목한다. 우리는 "생각합니다 고로 나는 존재합니다"라는 1연의 진술에서 르네 데카르트René Descartes를 떠올릴 수 있다. 정병기는 인간이 존재할 수 있는 근거로서의 '생각' 또는 '생각하다'에 공감한다. 그에 의하면 "습니다"는 "쌍팔년도"에 "읍니다"가 "바뀐 것"이고, "생각합니다"는 2024년에도 여전히 "바뀌지 않은 것"이다.

이 시에서 독자들의 관심을 끄는 대목은 시적 화자 '나'가 '생각하다'와 '생각하지 않다' 사이에서 '존재'로서의 고민 또는 방황을 모색하는 지점이다. "생각하(지 않)는 나는 존재합니까"라는 7연의 진술은 이를 입증하는 사례이다. 정병기는 8~10연에서 "말", "글", "시" 등 '언어'를 활용한 대표적인 활동들을 역설적인 방식으로 다룬다. 그가 '말'을 하는 이유는 "말을 하지 않기 위해"서이고, 그가 '글'을 쓰는 이유도 "글을 쓰지 않기 위해"서 이며, 그가 '시'를 짓는 이유 역시 "시를 짓지 않기 위해"서이다. 긍정과 부정이 순환하는 이와 같은 역설적인 상황을 시인에게 내재하는 반골 성향 또는 기질로 이해할 수도 있겠다. 그러므로 정병기가 생각하는 이유 역시 생각하지 않는 상태로 존재하기 위해서일 수도 있을 테다. 시인은 이제 생각, 말, 글, 시 등의 자연스러운 흐름을 내면화하는 철학자이자 언어학자이며 예술가가 된다.

신은 전지전능하므로 존재하지 않는다
자신이 감당할 수 없는 물건이나 알 수 없는 지식은 창조할 수 없다

신은 인간을 창조했으므로 존재한다
인간은 자신이 알 수 없고 감당할 수 없는 것도 만들 수 있다

신은 인간에게 상상과 노동을 위임했다
　　　　　　　　　　　　　　　　─「신과 인간의 변증법」 전문

앞에서 살핀 시 「생각 잇기」와 함께 이번 시에서도 '존재'를 향한 "인간"의 고민 또는 방황은 계속된다. 정병기가 여기에서 주목하는 시적 대상으로는 '신'과 '인간'이 있다. 우리는 '나는 생각한다. 고로 존재한다.'라는 데카르트의 유명한 명제를 기억한다. 그런데 데카르트는 이 명제를 '신은 존재한다.'라는 다른 명제와 연결하였다. '인간'의 '존재'를 향한 데카르트의 고뇌는 '신'의 '존재'를 통해서 해소된다. '신'의 존재를 인정함

으로써 스스로의 존재를 확인하는 '인간'의 모습은 숭고하다.

시인은 이번 시에서 "신과 인간의 변증법"을 제시함으로써, '신'과 '인간' 모두의 '존재'를 온전히 세운다. 정병기에 따르면 "신은 전지전능하므로 존재하지 않"지만, "신은 인간을 창조했으므로 존재한다" 그의 판단에 의하면 '신'은 원래 존재할 수 없었으나, '인간'을 창조함으로써 존재하게 되었다. '인간'이 존재하려면 '신'이 필요한 것처럼, '신'의 존재를 위해서도 '인간'이 필요한 것이다. 그런 점에서 "신은 인간에게 상상과 노동을 위임했다"라는 3연의 진술은 의미심장하다. '신'은 자신과 닮은 대상으로서의 '인간'에게 '상상'과 '노동'을 맡겼다. '상상으로서의 노동'을 가리키는 다른 이름은 '시詩'일 수 있다. 우리는 인간 "자신이 알 수 없고 감당할 수 없는 것"으로서의 미지의 대상이 바로 '시'임을 깨닫는다.


삶도 모르는데 어찌 죽음을 묻느냐,고
해도 죽음을, 죽음 이후의 세계를 묻는다
공포가 사라진 순간
언어가 사라진 세계, 없는 언어의
공포
권선징역도 아닌 논공행성도 아닌
선발과 소멸의 영원, 그곳의 아우슈비츠
죽으면 죽음도 없다 죽음의 언어도 없다, 없는 죽음의

영원

죽음 앞에서 비겁한 자는 겁이 없고

죽음 앞에서 당당한 자는 언어를 갖는다

죽음의 세계는

언어를 가지고 갈 수 없는 곳, 없는 공포의

언어 지평선 저쪽이다

이곳에 존재하는

— 「죽음에 관한 한 연구」 부분


　인용한 시는 세 부분으로 구성된 「죽음에 관한 한 연구」의
세 번째 부분이다. 정병기는 이 시에서 "이 행성" 또는 "우리
행성"에서 거주하는 "인간"의 독특함을 이야기한다. 시인에
의하면 "자연의 빛"이 '흰' 것이라면, "인간의 색"은 '검은' 것이
다. '인간'이 추구하는 '검은 색'은 "죽음"과 연결될 수 있다.
　이번 시의 제목인 "죽음에 관한 한 연구"는 '삶에 관한 한 연
구'이기도 하다. 정병기의 '죽음' 또는 '삶' 연구에서 주목되는
것은 '언어'의 등장과 무관하지 않다. 시인이 이해하는 "죽음
의 세계"는 "언어를 가지고 갈 수 없는 곳" 또는 "언어가 사라
진 세계"이다. 곧 그가 생각하는 '삶의 세계'는 '언어를 가지고
갈 수 있는 곳' 또는 '언어가 남아 있는 세계'이다. 정병기가 파
악하는 '죽음'과 '삶'은 '언어'를 매개로 "영원"을 지향하며 움직
인다.

감성이 결핍된 신들은 자신보다 더 정서적인 천부 감성적
인간을 창조해 저를 찬양하고 또 싸우게 했다

지능이 부족한 인간은 자신보다 더 예민한 인공 감성적 지
능을 만들어 저를 찬양하며 싸우게 하고 또 싸울 것이다
― 「결핍의 욕구학」 전문

정병기는 앞에서 살핀 시 「신과 인간의 변증법」에서 '신'과
'인간'을 아우르면서 다룬 바 있다. 이번 시 역시 '신'과 '인간'
을 동시에 주목한다. 시인에 의하면 "신들"은 "감성이 결핍"되
었고, "인간"은 "지능이 부족"하다. 그가 보기에 '신들'은 "인간
을 창조"함으로써 '감성 결핍'을 해소하였고, '인간'은 "인공 감
성적 지능을 만들어"서 '지능 부족'을 해결하였다. '신'과 '인간'
은 공통적으로 자신의 결핍을 채울 수 있는 대상을 찾아서 '찬
양'과 '싸움'을 부추기고 있다.

'신'은 '인간'을 창조하였고, '인간'은 '인공 지능(Artificial
Intelligence)'을 만들었다. 정병기는 앞에서 '신'과 '인간'의 관
련성에 대해서 논한 바 있는데, 여기에서는 '인간'과 '인공 지
능(AI)'의 관련성을 도입하고 있다. 시인은 자신의 언어 또는
시에 시대의 화두이기도 한 '인공 지능'을 도입함으로써 인간
의 창조성 또는 창의성이 상당한 수준에 도달하였음을 입증

한다.

　영화 평론 단톡방에 〈처음부터 도돌이표〉라는 시니어 배우 공개 오디션 공고가 올라왔다. 내게 응모해 보지 않겠냐고 묻는다면, 내가 할 줄 모르는 건 많고 많은데 그중에서도 정치와 연기를 가장 못한다고 대답하겠다. 그래서 나는 정치학과 영화 평론을 하는지도 모른다. 이 모른다는 모른다가 아니라 안다. 가장 못하기 때문에 못하는 것이 어떤 것인지를 안다. 그 정도면 잘 아는 것이니 실제로도 잘할 수 있을 거라는 얘기에 홀딱 넘어간다면, 나는 아직 정치와 연기를 모르는 것이다. 이 모르는은 진짜 모르는이다.

　횟집 데모크라시는 민주 주의注意다. 〈처음부터 도돌이표〉라는 시니어 배우 공개 오디션이 진행된다. 서로 인민주의(populism)라고 비방한다. 인민주의를 주의하라. 인민주의를 인기영합주의(popularism)로 간주하는 허수아비 전법이다. 자신의 연기에 신경 쓰기보다 상대방 연기에 싱크홀을 내려고 혈안이다. 연기는 정치다는 아니지만 정치는 연기다.

—「처음부터 도돌이표」부분

　앞에서도 언급하였듯이 정병기는 쉽게 규정할 수 없는 복합적인 인물이다. 그는 시인이자 정치학자이며 영화평론가이다. 이번 작품의 시적 화자 '나'는 "정치와 연기를 모르"고, "정치와 연기를 가장 못한"다. 우리는 '나'가 "정치학과 영화 평론을 하는" 것을 어떻게 이해해야 할까? '나'가 '정치'와 '연기(영화)'라는 자신이 잘 모르고, 잘 못하는 영역에 전념하는 이유는 무엇일까? 어쩌면 '나' 또는 시인은 자신이 정치와 연기(영화)를 모른다는 사실을, 그것을 잘할 수 없음을 확인하기 위해서 그것에 집중하는 것일 수도 있다.

이 시에서 '나'는 "〈처음부터 도돌이표〉라는 시니어 배우 공개 오디션 공고"에 주목한다. '나'는 정치학을 전공한 '시니어 senior'의 입장에서 "데모크라시"나 "인민주의(populism)" 또는 "인기영합주의(popularism)" 등 다양한 정치 형태 또는 정치 체제를 언급한다. '연기'와 '정치'에 관한 폭넓은 관심의 소유자인 '나'에 의하면 "정치는 연기다" "자신의 연기에 신경 쓰기보다 상대방 연기에 싱크홀을 내려고 혈안이다"라는 '나'의 문장은 한국 정치의 현실을 적확하게 보여준다. '민주주의', '포퓰리즘' 등의 이름표를 단 한국 정치의 연기가 '자신'에게 집중하기보다는 '상대방'을 깎아내리는 방식으로 '도돌이표'처럼 반복적으로 진행된다는 정병기의 진단은 독자들에게 길고 진한 사유의 여운으로 남을 것이다.


도이체는 일하기 위해 살고


프랑세즈는 놀기 위해 일하고

이딸리아니는 놀기 위해 산다는데

한국인은 살기 위해 일하고

비정규직은 죽지 못해 일한다
  ―「세계 속의 한국인 그리고 비정규직」전문

　정병기의 시는 직관적인 방식으로 핵심에 근접한다. 이번
시는 "세계"와 '한국', '세계인'과 "한국인"의 관계를 제시한다.
시인이 주목하는 '세계'는 '독일', '프랑스', '이탈리아' 등 유럽
의 주요 선진국으로 구성되고, 그가 주목하는 '세계인'은 '도이
체(Deutsche)', '프랑세즈(française)', '이딸리아니(italiani)' 등 유
럽 주요 선진국의 국민들로 구성된다.
　정병기에 의하면 '도이체' 또는 '독일인'은 "일하기 위해 살
고", '프랑세즈' 또는 '프랑스인'은 "놀기 위해 일하"며, '이딸리
아니' 또는 '이탈리아인'은 "놀기 위해 산다" 그가 파악하는 "한
국인"은 "살기 위해 일하"는 사람들이다. 한국인에게는 '삶'을
유지하는 일이 쉽지 않다. 한국인은 매우 열심히 일해야만 살
아갈 수 있다. 특히 시인은 다수의 한국인들이 종사하는 "비정
규직" 일자리에 비판적인 진단을 내린다. 정병기는 '비정규직'
에 종사하는 '한국인'을 "죽지 못해 일"하는 사람들로 규정한

다. '죽지 못해 일하는' 것은 억지로 삶을 이어간다는 의미와 다르지 않다. 요컨대 이 시는 Group of 7의 일원인 독일, 프랑스, 이탈리아 등 선진국 국민들과 한국인이 처한 삶의 방식을 캐리커처caricature의 방식으로 비교한다. 또한 다수의 한국인이 처한 비정규직의 문제점을 비판적으로 환기한다.

> '라'로 끝내지 않으려 한다
> '나'로도 '냐'로도 마치지 않으려 한다
> '니'로 쓰거나 '어'로 마무리한다
>
> 딸아이에게 카톡을 쓰며
> '옷 따뜻이 입어라'가 아니라
> '옷 따뜻이 입어'
> '밥 먹었나?' '밥 먹었냐?'가 아니라
> '밥 먹었어?' '밥 먹었니?'
>
> 나는 우리말을 사랑하지만
>
> 존댓말이 없어지면 좋겠다
>
> 아직 구름이 다 걷히진 않았지만
> 바람은 분다

시적 화자 '나'는 원래 "우리말"의 "존댓말" 사용에 별다른 거부감이 없었을 게다. 그러나 "딸아이에게 카톡을 쓰며", '우리말'의 '존댓말' 또는 '높임말'이 불편해졌을 수 있다. 이제 '나'는 "옷 따뜻이 입어라"가 아닌 "옷 따뜻이 입어"를 선택하고, "밥 먹나?"나 "밥 먹었냐?"가 아닌 "밥 먹었어?"나 "밥 먹었니?"를 선택한다.

'나'는 '딸'과 친구처럼 편안한 소통을 지향한다. 정병기는 이 시에서 '위계의 언어'가 아닌 '평등의 언어'를 지향한다. 21세기에 '아빠'와 '딸'이 형성하는 '부녀' 사이는 딱딱한 권위로 억압하는 관계가 되어서는 안 된다. 자녀와의 자연스러운 소통을 원하는 부모라면 '카톡'과 '이모티콘'을 적극적으로 활용하고, 대화할 때 '~어'로 끝내거나 '~니'로 마무리하면 된다는 사실을 기억해야겠다.

'삶', 하고 자판을 치면
'살음'이 아니라
'사람'이 써진다

사람을 사랑하라
그것은 원래

삶을 사랑하라, 였으니

—「오타」 전문

어렵게 쓰는 것만이 능사가 아님을 잘 보여주는 시이다. 정병기의 시는 단순하고 소박하면서도 독자들이 많은 것을 생각할 수 있도록 돕는다는 점에서 좋은 시이다. 난해하거나 난삽한 표현으로 치장한 시를 멋진 문학이나 훌륭한 예술로 판단하는 일은 편견일 수 있다.

시인은 이번 시에서 "오타"를 제목으로 삼는다. 가령 컴퓨터 "자판"으로 "삶"이라는 글자를 치려고 하였으나 "사람"이 타이핑되는 경우가 있다. 또한 '사람'에서 "사랑"을 연상하게 되기도 한다. 정병기에 의하면 "사람을 사랑하라"라는 문장은 "삶을 사랑하라"라는 문장과 연결된다. 우리는 이 시를 읽으며 '삶'은 '사람'이자 '사랑'임을 깨닫는다. '삶'의 배후에는 어떤 진실이 위치하는데, 그 진실의 이름은 '사람' 또는 '사랑'이다. 정병기는 '삶'과 '사람'과 '사랑'으로 구성되는 사랑의 트라이앵글triangle을 제안하는 셈이다.

토끼를 보았는데 알고 보니 도끼였다

도끼를 보았는데 귀가 보인다 잘린 귀다

귀는 불빛을 듣는다

불빛을 들었는데 알고 보니 물밑이다

물밑에 물이 없다 소리 없는 물이다

없는 물은 소리가 그립다

물이 흐르는 소리는 물소리가 아니다

지느러미 엄불리는 소리 올챙이 당싯거리는 소리 이끼 담방이는 소리 돌이 갈마드는 소리 바람이 노구라지는 소리 숨이 숨 쉬는 소리까지

지구 중심에서 울리는 음악이다

숨이 다할 때 마지막까지 남는 감각이 청각인 것도 이 때문이다

귀를 쫑긋 세우면 물밑에서도 불빛을 보고 도끼에서 토끼가 보인다

한 귀만 세워도 서로의 가슴속에 울리는 음악을 들을 수 있다

　　　—「사랑은 서로의 가슴속에 울리는 음악을 듣는 것이라

　　　　　　　　　　　　　　　했다」 전문


　앞에서도 언급한 바 있듯이, 정병기가 이번 시집에서 다루는 주제 중 '사랑'은 중요한 위치를 점유한다. 작품의 제목에서 유추해 본다면, 그는 이 시에서 '사랑'의 본질적 속성을 '음악'과 연결하여 이해한다. 또한 시인은 이번 시집에 수록된 다수의 시편에서 '놀이'로서의 시를 지향한다. 곧 그는 '언어유희'로서의 시를 지속적으로 형상화한다. 이 시에서 노출되는

"토끼"→"도끼"→"귀"의 연상 과정은 이를 보여주는 적절한 사례가 된다.

정병기는 "소리"와 "음악"과 "청각"이 형성하는 계열에 집중하고 이것은 위에 언급한 "귀"와 연결되며 궁극적으로 '사랑'으로 수렴된다. 특히 "숨이 다할 때 마지막까지 남는 감각이 청각"이라는 사실은 '사랑'의 본질을 '소리' 또는 '음악'과 관련하여 이해하려는 시인의 의도에 힘을 실어준다. 월터 페이터 Walter Pater는 "모든 예술은 끊임없이 음악의 상태를 열망한다 (All art constantly aspires towards the condition of music)."라고 이야기한 바 있다. 그렇다면 우리는 다음과 같은 정병기의 진단에 동의할 수도 있겠다. 모든 사랑은 끊임없이 음악의 상태를 열망한다.

3

11편의 시를 중심으로 정병기 시인의 시집을 함께 살펴었다. 사실 그는 시인이라는 손쉬운 규정을 벗어나는 인물이다. 정병기라는 인물을 파악하려면 시인, 영화평론가, 정치학자 등을 아우르는 넓은 스케일의 안목이 필요하기 때문이다. 그의 시를 읽는다는 것은 문학을 전공한 시인들의 시를 읽는 일과 다른 낯선 경험이 될 수 있다.

정병기는 시나 문학을 전문적으로 수련한 인물이 아니지만,

언어를 향한 그의 감각과 집중력은 놀랍고 대단하다. 시인이 이번 시집에서 다룬 다양한 시편들이 다루는 시 세계는 넓고도 깊다. 그중에서도 독자들의 관심을 끌 수 있는 대목으로는 '생각'과 '존재', '신'과 '인간'을 아우르는 일련의 시들일 수 있다. 정병기는 르네 데카르트의 '나는 생각한다. 고로 존재한다.'와 '신은 존재한다.'라는 명제들에 공감하면서 이를 수준 높은 시편으로 재탄생시켰기 때문이다. 시인은 21세기의 데카르트가 될 수 있는 가능성을 얻게 된 것이다.

또한 정병기는 '사랑'에 관한 일련의 시들을 소개하였다는 점에서 높이 평가될 수 있다. 그는 '사랑'을 '사람', '삶'과 연결함으로써, 인간의 인생에서 사랑이 갖는 역할의 위대함이나 절대성을 강조하였다. 시인이 '죽음'의 탐색을 통해서 '삶'의 본질을 확인한 것도 작지 않은 성과가 되겠다. 그리고 그는 '세계'와 '한국', '세계인'과 '한국인'의 구도를 통해서 객관적인 시각에서 우리를 바라보려는 노력을 게을리 하지 않았고, '시'를 '영화(연기)'나 '정치'와의 관련성 속에서 살핌으로써 '시'가 문학이라는 제한된 범주에 안주하지 않고 더 큰 세계와 연결될 수 있는 가능성을 확장하였다. 앞으로도 정병기 시인의 시적 모험은 계속될 것이기에 독자들로서는 그의 다음 시편을 더욱 큰 기대감과 열망 속에서 기다리게 될 것이다.▨

| 정병기 |

시인, 영화평론가, 정치학자. 2016년『나래시조』에서 시조로, 2018
년『시와표현』에서 시로 등단했다. 시집『오독으로 되는 시』, 시조
집『대한민국은 민주공화국이다』『시간 환상통』『산은 이미 거기
없다』, 영화평론·분석집『사랑과 예술, 아모르파티: 시가 있는 영화
평론』『천만 관객의 영화 천만 표의 정치』외 다수가 있다. 현재 영
남대학교 정치외교학과 교수로 재직 중이다.

이메일 : byungkeej@naver.com

현대시 시인선 233

## 엔딩 크레디트

초판 인쇄 · 2024년 7월 5일
초판 발행 · 2024년 7월 10일
지은이 · 정병기
펴낸이 · 이선희
펴낸곳 · 한국문연
서울 서대문구 증가로29길 12-27, 101호
출판등록 1988년 3월 3일 제3-188호
편집실 | 서울 서대문구 증가로31길 39, 202호
대표전화 302-2717 | 팩스 · 6442-6053
디지털 현대시 www.koreapoem.co.kr
이메일 koreapoem@hanmail.net

ⓒ 정병기 2024
ISBN 978-89-6104-358-8 03810

값 12,000원